Cinco razones por las que te encantará Isadora Moon:

¡Conocerás a la vamp-tástica, encant-hadora Isadora!

Su peluche, Pinky, ¡ha cobrado vida por arte de magia!

¿Alguna vez has merendado con una sirena?

Mitad vampiro, mitad hada, ¡totalmente única!

Te hechizarán sus ilustraciones en rosa y negro

¿Qué crees que comerías si merendaras con una sirena?

Pepinos y tomates de mar.
(Frankie)

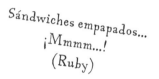

Sándwiches empapados...
¡Mmmm...!
(Ruby)

Gambas rebozadas con
guisantes.
(Sam)

¡*Sirenotartas* y
sirenogalletas!
(Harriet)

Patatas fritas resistentes al agua.
(Oliver)

¿Comida para peces?
(Antonia)

Mi familia

Mi madre,
la condesa Cordelia
Moon

Bebé Flor de Miel

Mi padre,
el conde Bartolomeo
Moon

¡Yo!
Isadora Moon

Pinky

¡Para los vampiros, hadas y seres humanos de todas partes! Y para Erin Green, la reina de los delfines.

Primera edición: febrero de 2017
Cuarta reimpresión: octubre de 2017
Título original: *Isadora Moon Goes Camping*

Publicado originalmente en inglés en 2016
Edición en castellano publicada por acuerdo con Oxford University Press
© 2016, Harriet Muncaster
© 2016, Harriet Muncaster, por las ilustraciones
© 2017, Penguin Random House Grupo Editorial, S.A.U.
Travessera de Gràcia, 47-49. 08021 Barcelona
© 2017, Vanesa Pérez-Sauquillo, por la traducción

Printed in Spain – Impreso en España

ISBN: 978-84-204-8536-2
Depósito legal: B-22.668-2016

Compuesto por Javier Barbado
Impreso en Limpergraf, Barberà del Vallès (Barcelona)

AL 8 5 3 6 2

Penguin
Random House
Grupo Editorial

ISADORA · MOON

va de excursión

Harriet Muncaster

ALFAGUARA

Capítulo UNO

Isadora Moon: ¡esa soy yo! Y mi mejor amigo es un conejo rosa: Pinky. Era mi muñeco favorito, así que mamá le dio vida con su varita mágica. Mamá puede hacer ese tipo de cosas porque es un hada. Ah, ¿y os he dicho ya que mi papá es un vampiro? Por eso yo soy medio hada, medio vampiro.

Mis segundos mejores amigos son
Zoe y Oliver. Vamos todos al mismo
colegio. Es un colegio normal para niños
humanos. ¡Me encanta!

Cada mañana, Zoe y Oliver vienen
a buscarme y vamos andando juntos al
colegio. Mamá y papá siempre evitan abrir
la puerta. Todavía se sienten un poco
raros al hablar con los seres humanos.

Era el primer día de vuelta al colegio
después de las vacaciones de verano y
tenía muchas ganas de ver a mis amigos.
En cuanto oí «toc, toc, toc», fui volando
a abrir la puerta.

—¡Zoe! —dije saltando sobre ella y
dándole un gran abrazo. No salté encima

de Oliver porque a él no le gustan los abrazos.

Empezamos a atravesar juntos el jardín mientras Pinky daba saltos a nuestro lado. Zoe tintineaba al caminar porque llevaba puestas muchas joyas. Quiere ser actriz cuando sea mayor y siempre va vestida de personas distintas.

—¡Hoy soy la reina! —me dijo enrollándose uno de los collares en el dedo y dando un toquecito a la corona de papel que llevaba en la cabeza—. ¡La reina Zoe!

—Me gustan tus pulseras —dije—. ¿Dónde las has comprado?

—¡En Francia! —respondió Zoe—. Fuimos allí de vacaciones. ¡Fue *magnifique*! Llegamos hasta allí en ferry.

—¡Ohhh! Eso suena genial —dijo Oliver. Le encantan los barcos.

Entonces Zoe rebuscó en su bolso y sacó otra pulsera.

—Esta es para ti, Isadora —dijo—. Un recuerdo de Francia.

—¡Guau! —dije, cogiendo la pulsera—. ¡Gracias, Zoe!

Al ponérmela, sentí como si me iluminara por dentro.

—Y esto es para ti, Oliver —añadió Zoe, levantando un imán con la forma de la bandera francesa.

—¡Que guay! —dijo Oliver—. Gracias, Zoe.

Zoe había sido muy amable por traerme algo de sus vacaciones, pero me sentí un poco avergonzada por no haberle traído nada a ella.

—Tengo muchas ganas de que llegue el momento de hablar del verano hoy en clase —dijo Oliver—. He traído fotos de mis vacaciones. ¡Estuvimos en un hotel junto al mar!

—¡Qué bien! —dije, e inmediatamente intenté cambiar de tema. De pronto, ya no quería hablar de las vacaciones.
Y mucho menos de las mías. Yo también había ido a la playa, como Zoe y Oliver, pero habían pasado cosas extrañas… Esa clase de cosas que seguro que no pasaban en las vacaciones de los seres humanos.

Cuando llegamos al colegio, nuestra profesora, la señorita Guinda, ya estaba preparando la clase para las exposiciones orales.

—¡Buenos días a todos! —dijo alegremente a toda la clase—. Espero

que hayáis tenido un verano maravilloso. ¿Quién quiere ser el primero en salir a la pizarra a contarnos sus vacaciones?

Un bosque de manos se levantó de golpe en el aire y yo intenté escabullirme bajo mi pupitre. No me apetecía nada ponerme de pie y contarle mis vacaciones a todo el mundo. Probablemente pensarían que no eran normales. Me daba vergüenza.

—¡Isadora Moon! ¿Y tú?

La miré con cara de pánico.

—¡Venga! —dijo—. Estoy segura de que has tenido un verano fantástico.

Me levanté con lentitud y caminé hacia el frente de la clase. Un mar de caras expectantes me devolvió la mirada. Tomé aire profundamente y sentí que me temblaba la voz:

—Pues… —empecé a decir.

★ ★ ★

Todo empezó una mañana soleada. Al bajar las escaleras encontré a mamá moviendo la varita por la cocina. Había hecho aparecer una tienda de campaña con flores estampadas justo en medio del suelo. Mi hermanita bebé, Flor de Miel, estaba en su trona restregándose una tostada por la cara, y papá estaba sentado a la mesa con ella, bostezando (acababa de volver de su vuelo nocturno) y bebiendo su zumo rojo. Papá solo bebe zumo rojo. Cosas de vampiros.

Cuando entré en la habitación, mamá me sonrió.

—¡Ya estás aquí! —dijo—. ¿Qué te parece esto? —señaló la tienda de campaña—. ¿Te gusta el estampado? Es para ti. ¡Nos vamos de acampada!

—¡¿QUÉ?! —dijo papá.

—¡Nos vamos de acampada! —repitió mamá—. Vamos a acampar junto al mar. He hecho la reserva esta mañana.

—Yo… —dijo papá con tono remilgado— no hago eso de acampar.

—¡Oh, no digas tonterías! —repuso mamá—. ¡Te va a encantar! No hay nada mejor que despertarse al aire libre con el sol de la mañana inundando la tienda, cocinar en la hoguera, jugar en la playa… ¡Es maravilloso estar tan cerca de la naturaleza!

Papá no estaba muy convencido.

Rodeé la tienda, que estaba en medio de la cocina, inspeccionándola, y levanté la tela de la puerta para echar un vistazo en su interior.

—¿Qué te parece? —me preguntó otra vez mamá.

—No estoy segura del color —confesé—. El rosa es un poquito fuerte y hay demasiadas florecillas…

—Vale —dijo mamá—. A ver qué tal ahora.

Sacudió de nuevo la varita y la tienda cambió su estampado por uno de rayas blancas y negras.

—¡Ohhh, sí! ¡Mucho mejor! —dije, entrando en ella a gatas. Pinky me siguió y allí dentro nos quedamos sentados bajo las paredes de lona escuchando a mamá y papá.

—Estaremos justo al lado de la playa, así que podemos ir a nadar al mar todos los días —decía mamá.

Pinky se tapó las orejas con las patas. Odia el agua porque tarda mucho en secarse. Hay que colgarlo con pinzas en el tendedero.

—De todas formas —continuó mamá—, ya está reservado. Es definitivo. Nos vamos de acampada. Salimos esta tarde, ¡así que mejor que empecéis a hacer la maleta ya!

—Pues nada —dijo papá—. Voy a subir a darme un baño. A disfrutar de las comodidades de mi hogar mientras pueda.

Me pregunté cómo iba a aguantar papá sin su cuarto de baño durante la acampada. Le encanta pasar mucho tiempo ahí dentro. Toma baños que duran horas, en los que

pone música clásica y enciende cientos de velas. Después pasa por lo menos una hora con su peine especial, alisándose el pelo, negro y brillante, con gel fijador.

—El cabello de un vampiro es su orgullo y su alegría —dice siempre—. Deberías cepillarte el pelo más a menudo.

Después de desayunar, hicimos las maletas y nos pusimos a esperar a papá junto a la puerta principal. Al final, apareció en lo alto de la escalera con cinco maletas gigantescas.

—¡No puedes llevar todo eso! —exclamó mamá con asombro—. ¡No cabrá en el coche!

—Entonces lo ataremos a la baca —dijo papá alegremente.

Mamá suspiró. Intentó llevar una de las maletas, pero pesaba tanto que no pudo ni levantarla del suelo.

—¿Qué has metido aquí? —preguntó, apuntándola con la varita. La maleta se abrió de golpe y cientos de productos de belleza salieron despedidos por el suelo. Mamá puso los ojos en blanco, molesta. Señaló un peine negro, con muchas curvas—. Eso seguro que no te lo llevarás —dijo—. Es el antiguo peine de vampiro con joyas incrustadas de tu tatarabuelo.

—Sí, ¡y es mi objeto favorito! —respondió papá.

—Pero ese peine es muy valioso —repuso ella, ayudándole a meter todo otra vez en la maleta—. No querrás perderlo.

—No lo perderé —dijo papá mientras recogía el peine y admiraba los rubíes rojos que relucían en el mango—. Mira cómo brilla.

Las maletas de papá ocupaban tanto espacio que casi no había sitio para que Pinky, bebé Flor de Miel y yo nos sentáramos en los asientos traseros. No estábamos demasiado cómodos.

Fue un viaje en coche muy largo. Pinky no paró de dar saltos en mi regazo, intentando ver el mar por la ventanilla. Boing, boing, boing. Hasta que, finalmente: BOING.

Porque allí estaba por fin. El mar chispeante y azul, como un reluciente lazo atravesando el horizonte.

—¡EL MAR! —grité—. ¡Ahí está el mar! ¡Ya hemos llegado!

Flor de Miel sacudió sus bracitos rollizos en señal de aprobación.

Mamá empezó a tararear cuando metió el coche por una carretera campestre llena de baches.

Pinky y yo mirábamos por la
ventanilla. Al final de la carretera había
una señal. Decía:

Bienvenidos
al Camping
Bahía de la Sirena

—¡Ese es el nuestro! —dijo mamá
con alegría, pasando la señal y metiendo
el coche en un pequeño campo con
muchas tiendas de campaña.

—¿No es encantador? —exclamó
mientras aparcaba y salíamos del

coche—. ¡Respira esta maravillosa brisa
marina, Isadora!

    Aspiré profundamente. Y también lo
hizo Pinky.

Era un olor fresco y salado.

Mamá montó las tiendas con su magia. La que compartían mamá, papá y bebé Flor de Miel era una tienda verdaderamente enorme. Y nada corriente.

—Si tienes miedo de noche, sabes que puedes venir a nuestra tienda —dijo mamá.

—¡No tendré miedo! —me reí—. Soy medio vampiro. ¡Me encanta la noche!

Papá estaba ocupado rebuscando en sus maletas.

—Sé que metí en alguna parte el papel de pared con dibujos de murciélagos —murmuró—. ¿Y en qué maleta puse mi cama plegable con dosel? ¿Y dónde rayos

se supone que voy a enchufar mi frigorífico portátil?

Cuando terminamos de deshacer las maletas ya estaba oscuro. Mamá y yo hicimos una hoguera y todos nos sentamos alrededor a tostar nubes de caramelo en unos palos largos.

—¿No es fantástico? —dijo mamá—. ¡Esto sí que es acampar de verdad!

Asentí. Tenía la boca llena de nubes pegajosas. Hasta papá parecía un poco más animado desde que se había puesto el sol. Sorbió por la pajita de su envase de zumo rojo y contempló el cielo.

—Ahora que estamos en el campo podemos ver más estrellas —dijo. Y se levantó de un salto para sacar de la tienda su telescopio especial de astrónomo—. ¡Voy a ver estrellas toda la noche! —exclamó contento.

—Toda la noche no —dijo mamá—. Tienes que dormir algo para que podamos pasar el día en la playa mañana.

—¡Pero los vampiros están despiertos por la noche y duermen durante el día! ¡Eso es lo que hacemos! —gimió.

—Al menos inténtalo —dijo mamá.

Papá suspiró.

—Lo intentaré —prometió.

Capítulo DOS

Cuando estás de acampada tienes que ir andando en pijama a un lugar llamado «Pabellón de Aseos» para lavarte los dientes y darte una ducha. Yo tuve que cepillarme los dientes en un lavabo junto a otras personas del camping. Era un poco raro estar en pijama en público,

pero daba igual… ¡porque todo el mundo
iba en pijama!

Tuvimos que usar la varita mágica
de mamá como linterna para volver por el
campo después de cepillarnos los dientes.
Luego, Pinky y yo nos metimos a cuatro

patas en nuestra tienda de
rayas y nos acurrucamos
juntos en el saco de dormir. Era
muy cómodo. Papá cerró muy
bien la cremallera de la puerta.

—Buenas noches, Isadora
—dijo—. Buenas noches, Pinky.

—Buenas noches —bostecé.

Entonces me quedé un rato
tumbada en la oscuridad. Había ruidos
raros por todas partes. Cosas que crujían,
búhos ululando, gente hablando… Pero
no estaba asustada. ¡Me encanta la noche!

★ ★ ★

Me desperté temprano la mañana
siguiente porque el sol brillaba con fuerza
en el techo de mi tienda. Hacía mucho
calor.

—Buenos días —canturreó mamá
cuando asomé la cabeza—. En cuanto
estés preparada nos vamos a la playa.
Solo falta encontrar a papá. No sé dónde
se ha metido…

Se me ocurrió dónde podría estar.

Delante de la única ducha del
Pabellón de Aseos había una larga cola
de gente refunfuñando. Pasé rápidamente
por delante de ellos y llamé a la puerta:

—¿Papá? —pregunté.

—Sí.

—¿Cuánto tiempo llevas ahí?

—Solo un par de horas.

Una nube de vaho caliente salió
por debajo de la puerta y papá empezó
a tararear, satisfecho.

—Papá —dije otra vez—, hay una
cola muy grande de gente esperando,
¿sabes?

—¿Ah, sí? —preguntó papá, con aire
sorprendido.

—SÍ —respondí—. Tienes que darte
prisa. Nos vamos a la playa.

Oí que cerraba el grifo de la ducha.

—De acuerdo —dijo—. Ya voy.

Papá apareció con su toalla y su turbante. Parecía muy animado.

Volvimos caminando por la cola de gente y sentí que me ponía roja de

vergüenza. Todos clavaban la mirada en papá y no parecían muy contentos.

—¡Ya estás aquí! —dijo mamá cuando volvimos a la tienda—. ¡Ya podemos ir a la playa!

—Todavía no estoy listo —dijo papá—. Dame solo cinco minutos más.

Media hora más tarde, papá salió de la tienda con gafas de sol, capa negra y una sombrilla, también negra, debajo del brazo. Llevaba un bote de fijador para el pelo y el valioso peine antiguo de su tatarabuelo.

—¡Ya estoy preparado! —sonrió de oreja a oreja.

★ ★ ★

Cruzamos una puertecita que había a un lado del camping y recorrimos un sendero de arena hasta la playa. Mamá extendió un mantel de pícnic y se sentó.

—¿No es encantador? —dijo.

Sí, era bastante encantador. El mar era chispeante y azul, y la arena estaba caliente y me hacía cosquillas entre los dedos de los pies.

—¡Ven a hacer un castillo de arena conmigo, papá! —dije.

—¡Vale! Dame solo cinco minutos.

Abrió su gran sombrilla negra y se embadurnó de crema solar, factor sesenta. Después se envolvió en su capa negra y sacó el peine.

—Debes de tener calor, papá —le dije mientras empezaba a construir un castillo de arena cerca de él.

Papá negó con la cabeza.

—No tengo calor —insistió, mientras el sudor le empezaba a gotear por la cara. Entonces comenzó a peinarse y a restregarse por el pelo unos gruesos pegotes de gel.

Cuando acabó de peinarse y alisarse el pelo, yo ya había terminado de construir mi castillo de arena. Era muy grande, con un montón de torres. Pinky y yo caminamos por la playa recogiendo conchas. Adornamos con ellas los muros del castillo.

—Falta algo —le dije a Pinky cuando habíamos colocado todas—. Para estar perfecto necesita algo en la punta.

Eché un vistazo hacia donde papá dormitaba en esos momentos bajo la sombrilla, y una idea se abrió paso en mi cabeza.

—Papá no se dará cuenta si tomamos prestado el peine de las joyas solo diez minutos —le susurré a Pinky.

Nos acercamos de puntillas y cogí el peine. Era verdaderamente precioso. Los rubíes del mango destellaban a la luz del sol. Lo clavé en la punta de la torre más alta del castillo y retrocedí unos pasos para contemplar mi obra.

Volví la mirada hacia papá, pero
todavía dormía.

—Isadora —me llamó mamá—,
¿quieres bañarte con Flor de Miel y
conmigo?

—¡Sí, por favor! —grité
entusiasmada.

Así que le pusimos un flotador a Flor de Miel y fuimos a la orilla.

—¡Vamos, papá! —grité—. ¡El agua está muy buena y fresquita!

Pero papá estaba durmiendo todavía bajo la sombrilla y no me oyó. Me pareció una lástima. Sé que a papá le gusta bastante nadar. Es él quien me lleva todas las semanas a las clases de natación para pequeños vampiros. Siempre nos divertimos mucho juntos en la piscina. Ha estado intentando enseñarme a bucear, aunque todavía no lo he conseguido del todo.

—¡Esto es encantador! —dijo mamá chapoteando en las olas con Flor de Miel.

Flor de Miel sacudía sus bracitos y piernecitas. Abrió la boca para soltar un grito de alegría…

… cuando su chupete cayó al agua.

—¡Oh, no! —dijo mamá mientras intentaba cogerlo.

Contemplé cómo el chupete comenzaba a hundirse lentamente hacia el fondo del mar. Flor de Miel empezó a llorar.

—¡Oh, no! —repitió mamá.

—¡BUAAAHHH! —lloraba Flor de Miel.

Decidí ser valiente. Cogí aire, cerré los ojos con fuerza y después ¡metí la cabeza DEBAJO DEL AGUA!

No podía oír nada aparte del rugido del mar y, cuando abrí un poco los ojos, todo era borroso y verde. Lancé los brazos hacia delante e intenté agarrar el chupete.

—¡Isadora! —gritó mamá entusiasmada cuando asomé la cabeza unos segundos después—. ¡Acabas de bucear!

Sostuve el chupete en el aire como si fuera un trofeo.

—¡Lo he conseguido! —chillé.

—¡Bien hecho! —comentó mamá, sonriendo con orgullo—. ¡Es una verdadera hazaña!

—Ojalá lo hubiera visto papá —dije.

Cuando salimos del agua había subido la marea, mi castillo de arena había desaparecido bajo el mar y papá estaba ocupado recogiendo todas nuestras cosas.

—Estoy seguro de que lo traje —murmuró.

—¿Qué has perdido? —le preguntó mamá.

—¡Mi peine! —respondió papá—. ¡El valioso peine antiguo de vampiro de mi tatarabuelo!

Me quedé congelada. De pronto sentí frío por todo el cuerpo, a pesar de que era un día caluroso. Miré hacia el lugar donde antes había estado mi castillo. Se me había olvidado quitar el peine de papá de la torre, ¡y ahora se lo había llevado el mar!

—Papá —empecé a decir, pero las palabras no salían de mi boca.

—Estoy seguro de que lo tenía… —decía él, rascándose la cabeza confuso—. Estaba justo AQUÍ.

—No puede haber ido muy lejos —dijo mamá, mientras empezaba a remover la arena donde papá había estado sentado.

—¡Me lo han robado! —gritó papá.

—Tonterías —dijo
mamá—. ¿Y quién iba
a robarlo?

—¡Un cangrejo!
—resopló papá—. ¡Un pícaro cangrejito!

—Es poco probable —dijo mamá—.
Tiene que estar por aquí, en algún sitio.
Déjame intentarlo con un hechizo.

Sacudió la varita, pero el peine no
apareció.

—¡Qué curioso! —mamá frunció el
ceño—. Mi magia normalmente funciona.

Me sentía tan culpable que me dolía
el estómago, pero seguía sintiéndome
incapaz de hablar para decirle a papá que
había perdido su peine…

Volvimos caminando por la playa hacia el camping. La boca de papá era una mueca triste. No parecía nada feliz.

—Tendremos que contárselo pronto —susurré a Pinky—. Quizá después de cenar, a la hora de dormir. A lo mejor está más contento después de tomar su zumo rojo.

Pinky asintió con la cabeza. Sabe que lo mejor es siempre ser sincero.

—Siento mucho lo de tu peine, papá —solté de golpe cuando vino a arroparnos en la cama.

—No es culpa tuya, Isadora —dijo sonriendo con tristeza—. Seguro que aparecerá.

Tomé aire profundamente.

—La verdad es que… —empecé
a decir, pero papá giró la cabeza porque
mamá lo llamaba.

—Me tengo que ir —dijo—. Buenas
noches, Isadora.

—Buenas noches —susurré.

Capítulo TRES

Pinky y yo nos quedamos tumbados en la oscuridad. Me sentía tan mal por lo del peine que no podía dormir.

¡Estaba perdido para siempre en las profundidades del mar!

¿O tal vez no?

Me senté en la cama.

¿Cabía la posibilidad de que la marea hubiera devuelto el peine a la arena?

Salí como pude del saco de dormir y fui gateando hasta la puerta de nuestra tienda.

—¡Pinky! —susurré—. ¡Despierta! Nos vamos a la playa.

Salió del saco de un salto. Creo que tampoco podía dormir. Nos deslizamos fuera de la tienda y nos pusimos de pie en el campo oscuro. El cielo estaba lleno de estrellas y solo se oía el débil sonido de la gente roncando.

Fui de puntillas a la tienda de mamá y papá.

—Necesitaremos la varita de mamá como linterna —susurré a Pinky mientras la sacaba silenciosamente de su bolso.

La sacudí en el aire e inmediatamente
la estrella brilló con luz rosa. Agarré la
pata de Pinky y juntos comenzamos a
volar.

Me encanta volar. Sobre todo por la noche.

Nos elevamos por encima del campo hasta que las tiendas se convirtieron en manchitas negras. Entonces bajamos en picado hacia la playa y el sonido del rugiente mar.

Apunté hacia la arena con la varita de mamá.

—La marea tendría que haberlo arrastrado por aquí —dije con esperanza.

Recorrimos la orilla una y otra vez, con los ojos entrecerrados por la luz rosa de la varita. Conchas nacaradas y trocitos de cristal pulido por el mar nos lanzaban

destellos desde abajo, pero ninguno

era el peine de papá. Pinky se agarró fuertemente a mi mano. A veces la oscuridad le parece demasiado misteriosa. De pronto, sonó un pequeño chapoteo en el mar.

Miré a Pinky.

—¿Qué ha sido eso? —susurré.

Pinky no lo sabía porque tenía las patas encima de los ojos.

Observé el mar. Había algo brillante que relucía en el agua. ¡A lo mejor era el peine de papá! Ascendí por el aire, arrastrando a Pinky conmigo.

—¡Venga! —le dije—. ¡Vamos a ver!

Fuimos revoloteando hacia aquello que brillaba en el mar. Al acercarnos, pude ver que se movía.

—No puede ser el peine —le dije
a Pinky.

Volamos un poco más cerca y oí una
voz como un cascabeleo suave, que decía:

—¿Hola?

Pude ver que había una niña más o menos de mi edad en el mar. Tenía el pelo muy muy largo y una resplandeciente cola de pez que metía y sacaba del agua sin parar.

Revoloteé por encima de ella, teniendo cuidado para que Pinky no se mojara con las olas.

—¿Eres una sirena? —le pregunté.

—Sí —respondió con voz cantarina—. ¿Cómo puedes flotar ahí arriba?

—¡Estoy volando, no flotando! Soy mitad vampiro, mitad hada —me di la vuelta en el aire para enseñarle mis alas.

—¡Nunca había conocido a alguien mitad vampiro, mitad hada! —comentó.

—¡Ni yo a una sirena! —le dije.

Ambas nos echamos a reír. Su risa sonaba como ristras de conchas tintineando en la brisa.

—Me llamo Marina. ¿Y tú?

—Isadora —respondí. Después señalé a mi conejo rosa—: Él es Pinky.

—Es muy gracioso —dijo con una risita, acercándose a él y tocándole la tripa con el dedo.

Pinky se puso rígido. No le gusta que le digan que es gracioso.

—¿Qué estáis haciendo fuera tan tarde, de noche? —preguntó Marina.

—Estaba buscando algo muy importante para mí. Se me perdió hoy cuando estábamos en la playa.

—¿Ah, sí? —dijo Marina—. ¿Qué es?

—Un peine —respondí—. Un peine muy especial. Es de mi padre.

—¿Era negro? —preguntó Marina—. ¿Con muchas curvas? ¿Y rubíes?

—¡Sí! —dije ilusionada—. ¿Lo has visto?

—Sí —respondió Marina—, pero…

—¿Dónde está? —pregunté con entusiasmo—. Necesito recuperarlo.

Marina parecía un poco preocupada.

—La princesa Sirena lo tiene. Las joyas más bonitas que encontramos en la playa se las queda siempre ella. No le gusta compartir.

—Pero es el peine de mi padre —repliqué con voz de pánico—. Tengo que recuperarlo —sentí que los ojos se me llenaban de lágrimas.

Marina se mordió el labio.

—Es un poco complicado —dijo—. Tenemos nuestras normas bajo el mar, ¿sabes? Aquí el que encuentra algo se lo queda.

Me enjugué los ojos y sollocé.

—Tengo una idea —dijo Marina—. ¿Por qué no te llevo a ver a la princesa Sirena? ¡Puedes pedírselo tú misma! A lo mejor te deja recuperarlo si se lo explicas.

Sentí que Pinky me tiraba de la mano, asustado. Odia el agua.

—Su palacio no está lejos de aquí —dijo Marina—. Solo tienes que seguirme. ¡Venga!

Miré fijamente el agua, ahora negra
bajo el cielo nocturno.

—Ya sé bucear —le dije a Marina con
orgullo—, pero no puedo aguantar sin
respirar mucho tiempo. ¿Cómo
podemos seguirte?

La risa de Marina
volvió a sonar como un
cascabel.

—¡Qué tonta! —dijo—.
¡Se me olvidaba! Ponte esto para
poder respirar bajo el agua. Es mágico.

Me dio un collar hecho de conchas
y me lo puse.

—¿Y Pinky? No le gusta nada
mojarse.

—Hum… —murmuró Marina
pensándoselo mucho—. ¡Ya sé!

Sacudió la cola en el agua para hacer
burbujas en la superficie y después sacó del
agua una de las pompas con la punta
del dedo y sopló en ella. La pompa creció
más y más hasta que fue lo bastante
grande para que Pinky se metiera
dentro. Entonces me tendió la mano.

—¡Venga! —dijo—. ¡Vamos!

Sonreí, intentando demostrarle
que no estaba asustada, y dejé que me
arrastrara hacia el agua. Al principio
estaba fría y ahogué un grito.

—Te acostumbrarás —dijo Marina.

Bajo el mar, todo resplandecía a la
luz de la luna. Las algas se mecían
suavemente a nuestros pies y unos

pececillos plateados entraban y salían de ellas a toda velocidad. Me sorprendí al descubrir que podía respirar tan fácilmente como si estuviera en tierra. Eché una miradita por encima de mi hombro para comprobar que Pinky estaba bien en su pompa.

Marina señaló una silueta en la distancia.

—Ahí está el palacio —dijo—. ¡No está nada lejos!

—¡Puedes hablar bajo el agua! —exclamé con asombro. Y después me llevé la mano a la boca—. ¡Yo también! —dije maravillada.

Marina volvió a reír.

—Es porque llevas el collar mágico —explicó—. Y claro que puedo hablar bajo el agua. ¡Soy una sirena!

Seguimos nadando hacia la silueta. Ahora que estaba más cerca, pude distinguir pináculos y torres alzándose hacia la superficie. Era muy bonito, con conchas pegadas por los muros, ¡igual que mi castillo!

—Ya hemos llegado —dijo Marina.

Abrió la gigantesca puerta principal y me invitó a pasar a un cavernoso vestíbulo iluminado por chispeantes lucecitas. Incluso las paredes estaban adornadas con perlas y joyas brillantes.

—¡Guau! —exclamé, contemplando a mi alrededor—. ¡Qué bonito es!

Marina nos llevó a otra sala enorme con un trono de plata en el centro. Y, en el trono, estaba sentada la princesa Sirena. Supe que era la princesa porque llevaba una corona. En su regazo había un osito de peluche que tenía, en vez de piernas, cola de sirena. La princesa estaba entretenida peinándolo con… ¡el peine especial del tatarabuelo de mi padre!

Cuando entramos nadando en la habitación, la princesa levantó la mirada. Todo en ella resplandecía. En el pelo llevaba perlas y estrellas de mar, y en los brazos lucía hileras de brazaletes con joyas. En el cuello, más de diez collares de perlas, que emitían brillos y destellos bajo la luz submarina.

Marina tosió ligeramente.

—Su Alteza… —dijo—. He traído a alguien que quiere verla.

—¿Qué es esto? —preguntó la princesa, desconcertada—. ¡No tienes cola!

—No —dije—. ¡Pero tengo alas! Soy un hada vampiro. Me llamo Isadora Moon y él es Pinky.

—Ya veo —dijo la princesa, mirando a Pinky con interés—. Yo me llamo Delfina. La princesa Delfina. ¡Y un día seré la Reina de los Mares!

Sonreí nerviosa.

—Pues… la verdad es que hay algo de lo que quería hablarle —dije—. Ese peine que tiene en la mano… ¿podría

recuperarlo, por favor? Lo perdí hoy en la playa. Es de mi padre, y es la cosa que más quiere en el mundo. Está muy preocupado por haberlo perdido.

Los ojos de la princesa Delfina centellearon.

—Pero a mí me gusta. Es tan brillante… —lo levantó en el agua para que los rubíes destellaran con el brillo de las luces.

—Sí, pero no se lo puede quedar porque no es suyo de verdad.

—Bueno, supongo que te lo podría devolver… si te quedas a merendar.

—Oh —dije sorprendida—. Muy bien. ¡Por supuesto que nos quedaremos a merendar!

Capítulo CUATRO

Así que Pinky, Marina y yo nos quedamos a merendar con la princesa Delfina y su *sirenosito* de peluche. Tomamos pasteles, bayas de mar y sándwiches de gambitas peladas. Todo estaba muy rico, pero la verdad es que estaba demasiado empapado.

—Muy bueno —dije educadamente—, gracias. ¿Podría recuperar ya mi peine, por favor?

La princesa Delfina frunció el ceño.

—Te lo daré —dijo— si juegas conmigo al escondite.

—Pero… —empecé a decir.

—¡Voy a contar! —dijo—. ¡Escóndete!

Así que jugamos juntos durante mucho rato y Marina me dijo en voz baja que había que dejar ganar a la princesa. Eso hicimos.

—¡Ha sido divertidísimo! —dijo la princesa—. ¡Vamos a jugar a otra cosa!

Levanté la vista hacia la superficie del mar y me preocupé un poco. Empezaba a haber luz.

—Juguemos a… ¡disfrazarnos! —dijo la princesa Sirena, y nos llevó a un gran joyero que había junto a su trono. Empezó a sacar collares de perlas, pulseras de coral y brillantes tiaras hechas de conchas y de estrellas de mar.

—¡Ponte estas! —me ordenó, tendiéndome un puñado de joyas.

—Yo… —empecé a replicar.

—Oh, venga…—dijo la princesa—. Nadie viene nunca a jugar conmigo.

Volví a levantar la vista hacia la superficie. Cada segundo que pasaba había más luz.

—No puedo —dije—. Lo siento, pero de verdad que me tengo que ir. ¿Puedo recuperar el peine ya, por favor?

La princesa parecía enfadada y un poco triste.

—Te lo daré… si me das a Pinky —dijo.

—¡Oh, no! —repuse, horrorizada—. No te puedo dar a Pinky de ninguna manera. Además, a él no le gustaría nada vivir bajo el mar.

La princesa parecía decepcionada, y de pronto me di cuenta de cuál era el problema. Se sentía muy sola.

—Tengo una idea —dije—. A cambio del peine, puedo intentar darle vida a tu *sirenosito* de peluche, ¿qué te parece? Tengo aquí la varita mágica de mamá. Creo que sé cómo hacerlo.

Los ojos de la princesa se iluminaron. Abrazó a su *sirenosito* contra su pecho y después lo tendió hacia mí.

—¡Sí! —dijo—. ¡Sí! Si puedes darle vida a mi *sirenosito*, te prometo que te devolveré el peine.

Levanté la varita de mamá y señalé a su osito con ella. Las varitas mágicas no son mi punto fuerte, pero tenía que intentarlo. La moví de un lado a otro por el agua y unas burbujas salieron disparadas de la punta.

Cuando se dispersaron, el *sirenosito* sacudía la cabeza y movía una pata.

Pero había algo que no estaba bien del todo… Rápidamente, moví la varita otra vez…

Y otra
vez…

Hasta que
por fin… lo
hice bien.

—¡Buf! —le dije a
Pinky en voz baja—.
Casi no lo consigo.

La princesa
sonreía con alegría
viendo cómo su
sirenosito nadaba
alrededor de su cabeza.

Tendió el peine hacia mí.

—¡Gracias, Isadora!

—dijo—. Toma el peine. ¡Es tuyo!

Puse a salvo el peine metiéndolo
en el bolsillo de mi pijama antes de que la
princesa pudiera cambiar de opinión,
y después Marina y yo nos despedimos
de ella y salimos del palacio.

Mientras volvíamos nadando hacia la
superficie, vi que ya era de día.

Al llegar arriba, tomé una gran
bocanada de aire. La pompa de Pinky
explotó y lo capturé justo antes de que
cayera al agua.

Marina me sonrió y yo le devolví la
sonrisa.

—Ha sido un placer conocerte —dijo.

—Ha sido un placer conocerte a ti también —dije yo—. Muchas gracias por ayudarme a encontrar el peine de mi padre.

—Me lo he pasado muy bien —dijo Marina con su vocecilla cantarina—. Y, además, has hecho muy feliz a la princesa Sirena.

Empecé a quitarme el collar mágico.

—Quédatelo —dijo Marina—. Ya no volverá a funcionar, pero es bonito. ¡Lo puedes llevar puesto!

—Gracias —respondí, sintiéndome feliz por dentro.

Marina echó un vistazo al sol que salía.

—Será mejor que me vaya —dijo—.

No quiero que me vean los humanos.

Y tú deberías irte también.

Asentí con la cabeza y batí las alas, soltando una ráfaga de gotitas al subir por el aire.

—¡Adiós, Marina! —dije.

—¡Adiós, Isadora! —respondió. Y después, salpicando entre risas, desapareció.

Tomé en mis brazos a Pinky y volamos lo más rápido posible de vuelta al camping. Todavía era muy temprano y todo estaba en silencio. Entré a hurtadillas en la tienda de papá y mamá y deslicé la varita en el bolso de mamá antes de dirigirme a mi propia tienda para ponerme ropa seca.

Cuando volví a sacar la cabeza de la tienda, me llevé la mayor sorpresa de mi vida.

¡Papá estaba sentado junto al fuego!
Llevaba camiseta y pantalones cortos, y
estaba preparando el desayuno de todos.

—Buenos días, Isadora —dijo—. ¡Te
has despertado muy temprano!

—Pero… Pero… Pero… ¿Qué haces despierto tan pronto? —pregunté.

—Parece que vamos a tener un bonito día —dijo papá—. Vamos a volver a la playa. Anoche mamá me contó que habías buceado. Siento mucho habérmelo perdido. Ha hecho que me dé cuenta de que no quiero perderme nada más estas vacaciones. ¡Tengo muchas ganas de que luego me enseñes cómo buceas!

—¡Y yo de enseñártelo! —dije—. Pero ¿y tu peine?

Se puso triste durante un minuto, pero después sacudió la cabeza y se encogió de hombros.

—Era un peine muy bonito —dijo—. Y muy valioso. Pero ha sido culpa mía por haberlo traído a la playa. Tendría que haberlo dejado en la tienda. Y bueno, he estado pensando… Pasar tiempo con mi familia es más importante que un estúpido peine. Además —dijo pasándose la mano por su pelo engominado—, todavía tengo mi gel fijador.

Saqué el peine de detrás de mi espalda y se lo tendí a papá. Abrió enormemente los ojos y puso la boca con forma de O.

—Lo siento mucho —dije—: fui yo quien perdió tu peine. Lo puse en mi castillo de arena y la marea se lo llevó. Pero entonces fui a buscarlo… ¡y lo encontré! Siento no habértelo dicho antes.

Papá cogió el peine con una mueca de alegría.

—¡Mi peine! —gritó, saltando por los aires—. ¡Mi amado peine! —lo besó y se

fue corriendo a su tienda para ponerlo
a salvo en su maleta bajo llave.

Cuando volvió, nos sentamos juntos
frente a la hoguera.

—¿Sabes, Isadora? Me alegro de que
encontraras mi peine, pero lo mejor es
siempre ser sincero. Si me hubieras dicho
que lo habías perdido tú, habríamos
podido buscarlo juntos.

—Perdona, papá —dije.

Me dio un fuerte abrazo y
preparamos juntos el desayuno.

Después llegó el momento de ir a
la playa y fue el mejor día del mundo.

Papá se metió en el agua y me llevó
a caballito, y después le enseñé cómo

buceaba, y me salió muchísimo mejor después de todo lo que había practicado la noche anterior. Papá estaba muy impresionado. Hicimos un pícnic todos juntos y, a continuación, ¡el castillo más grande y más elegante del planeta!

—¡Es ideal para una princesa hada-vampiro-sirena! —dijo papá.

Esa noche me sentí muy feliz mientras nos sentamos a comer alrededor del fuego. ¡Papá incluso probó una nube de caramelo tostada en un pinchito! Normalmente rechaza todo lo que no sea zumo rojo.

—¡Isadora buceaba de maravilla! —dijo—. Me alegro de haber podido verlo hoy.

Me sentía más orgullosa que nunca, mientras chupaba mi deliciosa nube de caramelo.

Papá me rodeó con sus brazos, y a mamá y a Flor de Miel, y la luz del fuego bailaba reflejada en nuestros rostros.

De pronto, noté que estaba muy cansada.

—¡Buceabas igual que una sirena! —dijo papá mientras me acurrucaba contra él.

Me reí, adormilada.

—Tonterías, papá —dije—. ¡Todo el mundo sabe que las sirenas no existen!

Entonces volví la cabeza para
hacerle un guiño a Pinky. La luz de la
luna parpadeó en los botones de sus ojos

★ ★ ★

y supe que me estaba devolviendo el
guiño.

Al terminar de hablar me di cuenta de
que toda la clase me miraba con la boca
abierta. Incluida la señorita Guinda.

—¡Parece que has tenido unas
vacaciones asombrosas, Isadora! —dijo.

—¡Yo quiero ver una sirena! —gritó Zoe.

—Yo quiero dormir en una tienda
de campaña —se escuchó.

Mostré el collar de conchas bajo la
camisa de mi uniforme.

—Este es el collar que me dio la sirena
—conté a la clase. Me lo quité y lo levanté
en el aire para que las conchas tintinearan.
Sonaban como la risa de Marina.

—¡OHHH! —susurraron todos,
abriendo los ojos como platos. La que más

los abrió fue Zoe. Me acerqué a su pupitre y le ofrecí el collar.

—Es para ti —le dije—. ¡Un regalo de mis vacaciones!

Zoe sonrió de oreja a oreja.

—¡Qué bonito! —dijo la señorita Guinda. Después, miró el reloj—: ¡Cielo santo! —exclamó—. ¡Qué tarde es! Tendremos que continuar con esto después de la comida. Gracias, Isadora, por ofrecernos un relato tan interesante de tus vacaciones.

Sonreí. De pronto, ya no me preocupaba tener que salir a hablar en clase.

—Con lo maravillosas que han sido tus vacaciones —dijo la señorita

Guinda—, supongo que tu familia volverá a ir de acampada también el año que viene.

—¡Oh, no! —dije sorprendida—. Papá es quien elije las vacaciones el año que viene. Vamos al Hotel Nocturno de Vampiros. ¡Tiene SPA!

Harriet Muncaster

Harriet Muncaster: ¡esa soy yo!

Soy la escritora e ilustradora de

Isadora Moon.

¡Sí, en serio!

Me encanta todo lo pequeñito,

todo lo que tenga estrellas

y cualquier cosa que brille.

¿Qué estará tramando Isadora Moon?

Es el cumpleaños de Isadora,
y lo que de verdad desea es...
¡tener una fiesta como los niños humanos!
Pero con mamá y papá organizándola,
las cosas no resultan como ella esperaba.
Si sigues leyendo, podrás descubrir
cómo son los juegos de la fiesta
cuando es papá quien se encarga
de prepararlos...

Entonces, papá sacó un gran paquete
que tenía escondido a su espalda.

—¡Todos en círculo, por favor! —dijo.

Mis amigos y yo nos repartimos por
el suelo haciendo un círculo y papá le
dio el paquete a uno de los niños.

—Aquí tienes —dijo—. Pásalo.

Todos empezamos a pasar el paquete por el corro. Pero faltaba algo.

—¡Música! —le dije a papá en voz baja—. ¡Necesitamos música!

—¡Música! —le dijo papá a mamá.

Mamá abrió la boca y empezó a cantar una canción de hadas que sonaba como un tintineo de cascabeles. Sentí que me ponía roja de vergüenza. Algunos de mis amigos empezaron a reírse.

—¡Eso es! —dijo papá—. Pasadlo por el corro. ¡Que dé vueltas y vueltas!

El paquete dio vueltas y vueltas por el círculo. ¡Y más vueltas! Empecé a preguntarme cuándo iba a parar de cantar mamá. Estaba ya a punto de susurrarle algo a papá cuando de pronto hubo una tremenda explosión.

—¡SORPRESA! —gritó papá mientras el paquete explotaba entre las manos de Oliver. De su interior salieron fuegos artificiales disparados por el aire.

Un centelleo de chispas rosas y
estrellas brillantes subían como burbujas
y se arremolinaban por la habitación.

—¡Oh, no! —le dije a Pinky.

Pero a mis amigos no parecía importarles. Es más, parecía que les gustaba. Se habían levantado y bailaban con la canción de mamá bajo la lluvia de chispas.

—¡Son tan bonitas…! —murmuró Zoe mientras intentaba atrapar una estrella fugaz.

—¡Es mágico! —gritó Sashi.

Todos bailaron hasta que las estrellas dejaron de caer y mamá paró de cantar.

—¡Es la hora del mago! —anunció papá, mientras le abría la puerta a Wilbur.

Este pasó rápidamente, sacudiendo en el aire su capa de estrellas.

—Para ser exactos, es la hora de Wilbur el Grande —le corrigió este—.

Sentaos todos —nos ordenó—. Hoy voy
a haceros un truco maravilloso. ¿Quién
quiere que lo convierta en una caja llena
de ranas?

Solté un quejido. Un niño de mi clase
llamado Bruno levantó la mano y Wilbur
le hizo un gesto para que se acercara y se
pusiera delante de todos.

¿Te gustan las historias de Isadora Moon?

¿Te gustan las historias de Isadora Moon?

ISADORA MOON
celebra
su cumpleaños

Mitad vampiro, mitad hada, ¡totalmente única!
Harriet Muncaster

ISADORA MOON
va al ballet

Mitad vampiro, mitad hada, ¡totalmente única!
Harriet Muncaster

¿Te gustan las historias de Isadora Moon?

Este libro se terminó de imprimir
en el mes de octubre de 2017